10 Mai 1909

marqué P

BEAUX

BRONZES D'AMEUBLEMENT

DU XVIIIe SIÈCLE

OBJETS VARIÉS

Provenant de la Collection de feu M. B...

PARIS. — MAI 1909

CATALOGUE

DE

Beaux Bronzes d'Ameublement

DU XVIIIe SIÈCLE

PENDULES, CHENETS, APPLIQUES

Importante Pendule d'applique et son socle,
Cul-de-lampe en bronze ciselé et doré, du temps de Louis XV

OBJETS VARIÉS

Provenant de la Collection de feu M. B...

ET DONT LA VENTE AUX ENCHÈRES PUBLIQUES AURA LIEU

HOTEL DROUOT, Salle N° 11

Le Lundi 10 Mai 1909, à deux heures précises

COMMISSAIRE-PRISEUR

M[e] LE RICQUE, 59, rue du Rocher

EXPERTS

MM. PAULME & B. LASQUIN FILS

10, rue Chauchat — 12, rue Laffitte

PARIS

EXPOSITION PUBLIQUE

Le Dimanche 9 Mai, Salle N° 11, de 2 heures à 6 heures

CONDITIONS DE LA VENTE

Elle aura lieu *au comptant.*

Les adjudicataires paieront *dix pour cent* en sus des enchères.

L'exposition mettant le public à même de se rendre compte de l'état et de la nature des objets, aucune réclamation ne sera admise une fois l'adjudication prononcée.

Paris — Imp. de l'Art Ch. Berger, 41, rue de la Victoire.

N° 1

N° 1

DÉSIGNATION

BRONZES D'AMEUBLEMENT

PENDULES

1 — Paire de chenets en bronze ciselé et doré, formés d'un aigle aux ailes déployées, une serre posée sur des foudres, l'autre tenant un écusson. Base rectangulaire à quatre pieds griffes, têtes d'anges et lambrequins. Époque Régence.

600

Haut., 33 cent.; larg., 21 cent.

2 — Paire de petits chenets, formés d'un vase à couvercle surmonté d'une flamme, anses à têtes

255

de béliers, sur base rectangulaire à quatre pieds-griffes; médaillon profil de Minerve, au centre d'entrelacs. Époque Régence.

Haut., 33 cent.; larg., 17 cent.

3 — Paire de vases en bronze ciselé et doré, à piédouches, feuilles d'acanthe et deux anses mascarons de femme; sur le bord, frise d'entrelacs et fleurons. Il repose sur une base à gorge, moulures et godrons. Contre-socle en marbre vert de mer. Époque Régence.

Haut., 34 cent.

4 — Paire de candélabres bout-de-table en bronze argenté à trois lumières, branches feuillagées et fût à spires. Époque Louis XV.

Haut., 43 cent.

5 — Paire de petites appliques à deux bras-lumières, à rocailles et feuillages, en bronze ciselé et doré. Époque Louis XV.

Haut., 33 cent.

6 — Paire d'appliques en bronze ciselé et doré à deux bras-lumières, à feuillages et rocailles. Époque Louis XV.

Haut., 41 cent.

7 — Paire d'appliques en bronze ciselé et doré à trois bras-lumières mouvementés, et feuillagés à rocailles. Époque Louis XV.

Haut., 42 cent.

8 — Petit cartel en bronze, à feuillages et rocailles.
500 Le cadran marqué : *Courvoisier, à Paris*. Époque Louis XV.

Haut., 35 cent.

N° 9

9 — Cartel d'applique en bronze ciselé et doré, à rocailles feuillagées et fleuries. Le cadran marqué : *Musson, à Paris*. Époque Louis XV.

1.175

Haut., 59 cent.

N° 10

1.250

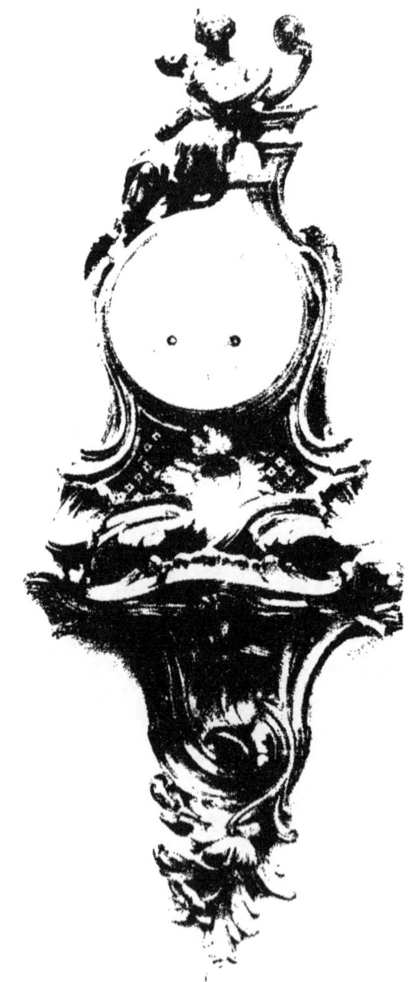

N° 11

9.100

10 — Importante pendule en bronze ciselé et doré. Elle est composée d'une terrasse rocaille, sur laquelle deux jeunes femmes drapées, tenant des branchages, sont assises près d'un taureau, supportant le mouvement encadré de chutes de feuillages et surmonté d'une figurine de femme allégorique. Le cadran est marqué : *Van der Cruse le Jeune, à Paris*. Époque Louis XV.

Haut., 70 cent.; larg., 54 cent.

11 — Pendule d'applique sur socle-support, en forme de cul-de-lampe, en bronze ciselé et doré, de forme contournée; la pendule ainsi que son support offrent une composition d'ensemble de rinceaux à rocailles et feuillages, et surmontée d'une figure de femme drapée, assise, tenant en sa main un soleil. Le cadran porte la marque de *Charles Baltazar, à Paris*. Époque de Louis XV.

Haut. totale, 90 cent.

(*Vente Collection B. Kotschoubey, Juin 1906.*)

12 — Paire de chenets en bronze ciselé et doré, formés d'un vase-cassolette enflammé, à deux anses et piédouche, feuillages et godrons, et reposant sur un socle carré à gorge et moulures ornées, accolé d'une console à feuille d'acanthe. Époque Louis XVI.

Haut., 25 cent.; larg., 23 cent.

13 — Paire de chenets en bronze ciselé et doré, modèle à vases-piédouches, guirlandes et chutes de laurier, entrelacs, rosaces, fleurons et pomme de pin. Époque Louis XVI.

2400

Haut., 36 cent.; larg., 30 cent.

N° 13  N° 13

14 — Vase de forme ovoïde en bronze ciselé doré et émaillé bleu, à cannelures à asperges, et frise d'entrelacs ; au col, branchages de chêne, couvercle à tore repercé à entrelacs et rosaces ; bouton graines et feuillages. Piédouche à godrons. Époque Louis XVI.

850

Haut., 48 cent.

15 — Cartel-applique en bronze ciselé et doré ; modèle à vase à anses, guirlandes et chutes de

N° 14 — 850 | N° 15 — 1410

laurier. Le cadran marqué *Jubel, à Paris*, est accosté de deux consoles à sequins et bustes de femmes, feuillages et culot feuillagé. Époque Louis XVI.

Haut., 68 cent.

16 — Pendule en bronze ciselé et doré, composée d'un vase de forme aplatie, à deux anses et piédouche, à canaux en spire et tore de laurier. Le couvercle adhérent, à godrons et bouton, graines et feuillages. Sur l'une des faces de la panse, légèrement en saillie, est le cadran marqué : *De Bon, à Paris*. Il repose sur une base rectangulaire à gorges, losanges et fleurons, supportée par quatre pieds à grecques. Époque Louis XVI.

Haut., 60 cent.

17 — Petite pendule de bureau, à répétition, en bronze ciselé et doré, à rosaces, couronnes, feuillages de chêne, munie d'une poignée formée d'un serpent, et reposant sur quatre petits pieds-boules. Époque Louis XVI.

Haut., 22 cent.

18 — Pendule en bronze ciselé et doré, formée d'un tonnelet renfermant le mouvement, surmonté d'une aiguière, et ornée de chutes de pampres de vignes. Il est posé sur une civière à peau de lion, portée par deux enfants bacchants. Époque Louis XVI.

Haut., 50 cent.; larg., 40 cent.

19 — Pendule en marbre blanc, bronze doré et argenté : mouvement supporté par quatre colonnes torses à perles et surmonté d'un vase avec jet d'eau. Sur les côtés, corbeilles avec cygnes. Le cadran marqué : *Lépicié, horloger du roi*. Époque Louis XVI.

Haut., 45 cent.

20 — Pendule en marbre noir et marbre blanc, bronzes dorés, à colonnettes, le cadran surmonté d'une statuette de Minerve. Base carrée, à bornes et chaînettes. Époque Louis XVI.

Haut., 55 cent.

21-22 — Paire de candélabres en bronze ciselé et doré et bronze patiné, formés chacun d'une statuette d'enfant ailé, portant un bouquet à trois lumières, à rinceaux sur fût en marbre blanc. Époque Louis XVI.

Haut., 60 cent.

(Peuvent faire garniture avec la pendule précédente.)

23 — Pendule en marbre blanc et bleu turquin et bronze doré, en forme de portique, supportant le cadran surmonté d'un aigle aux ailes déployées et d'enfants assis ; sur les pilastres, vases fleuris, bustes de femmes, guirlandes de fleurs ; sur la base, frise de jeux d'enfants et rosaces. Époque Louis XVI.

Haut., 59 cent. ; larg., 41 cent.

24 — Paire de flambeaux en bronze ciselé et doré, forme vase enguirlandé, à piédouche. Sur console à trois pieds volutes, reliés par une guirlande et repose sur une base à godrons et trépied. En partie de l'époque Louis XVI.

Haut., 25 cent.

25 — Paire de petits candélabres à trois lumières, en forme de cassolette, à pieds-de-biche ; le

dessous à culot feuillagé ; à deux anses grecques et têtes de béliers ; repose sur un fût de colonne à cannelure. Époque Louis XVI.

Haut., 25 cent.

26 — Paire de cassolettes, forme vase à piédouche, godrons, guirlandes et deux anses grecques. Sur socle carré en bronze ciselé et doré. Époque Louis XVI.

Haut., 18 cent., 1/2.

27 — Paire de flambeaux en bronze ciselé et doré, en forme de fût de colonne cannelé, à asperges et baguettes ; la bobèche carrée, à rosaces, à angles cintrés d'où s'échappent des guirlandes et chutes de laurier. Base moulurée à entrelacs. Époque Louis XVI.

Haut., 23 cent.

28 — Paire de flambeaux, formés chacun d'un enfant bacchant, supportant une corbeille fleurie, en bronze ciselé et doré. Époque Louis XVI.

Haut., 22 cent.

N° 27

29 — Candélabre en bronze doré, orné de feuillage en fer découpé et fleurettes en porcelaine. Base de forme triangulaire, formée de trois dauphins,

N° 29

avec coquilles, reliés par des statuettes d'enfants, supportant une coupe d'où s'échappent quatre branchages porte-lumières. Époque Régence.

Haut., 52 cent.

30 — Paire de cassolettes brûle-parfum en bronze ciselé et doré, à trois pieds-griffes à consoles-bustes de femmes ailées. Base triangulaire. Époque Régence.

Haut., 21 cent. 1/2.

N° 30

31 — Paire de candélabres en bronze ciselé et doré, formés d'une statuette de femme ailée, supportant, au-dessus de la tête, cinq branches porte-

lumières. Base forme fût cylindrique à guirlandes de laurier, médaillon et torchères. Époque Empire.

Haut., 74 cent.

32 — Paire de petits flambeaux en bronze ciselé et doré, formés d'un amour tenant une branche d'œillet porte-lumières. Socle en marbre blanc et rangs de perles. Époque Louis XVI.

Haut., 29 cent.

33 — Paire de vases brûle-parfum, à piédouches sur base carrée, avec couvercle bouton graine, motif fleurs de laurier en bronze ciselé et doré. XVIIIe siècle.

Haut., 24 cent.

34 — Paire de petits vases-cassolettes, piédouches à godrons, couvercle, anses, guirlandes de laurier, frise de grecques et culot de feuillages. Base carrée. Époque Louis XVI.

Haut., 18 cent.

35 — Pendule en bronze ciselé et doré, figurant le Char de Diane chasseresse, traîné par deux cerfs, un jeune faon étendu à terre derrière le char. Le cadran, inscrit dans une roue, émaillée bleu et blanc. Mouvement apparent. Il repose sur un socle rectangulaire à angles coupés, orné d'une frise représentant des chiens attaquant un sanglier ; attributs de chasse et palmettes. Socle en marbre blanc mouluré. Époque Empire.

Haut., 48 cent. ; larg., 68 cent.

36 — Petite pendule en biscuit blanc et bleu, surmontée d'une statuette de Parque, assise sur une fontaine-borne. Les côtés, en demi-fûts de colonne à guirlandes en relief, supportant des vases. Sur la base rectangulaire, frise en bronze ciselé et doré, à palmettes et coupe. Époque Empire.

Haut., 40 cent.; larg., 25 cent.

N° 37 N° 37

37 — Paire de petits chenets en bronze ciselé et doré, formés d'un sphinx à corps de femme, avec figurine d'enfant à cheval, et accotée de deux chimères. Base console à mascarons, coquilles.

Haut., 28 cent. 1/2; larg., 21 cent.

38 — Groupe en bronze patiné : Vénus corrigeant l'Amour. xvie siècle.

Haut., 57 cent.

N° 38

39 — Groupe en bronze patiné : L'Offrande. xviiie siècle.

Haut., 93 cent.

N° 39

510

OBJETS VARIÉS

10 — Petit socle d'applique, en forme de cul-de-lampe, en marbre blanc, ornementé de bronzes dorés. XVIIIe siècle.

Haut., 16 cent. 1/2 ; larg., 18 cent.

11 — Paire de flambeaux en métal argenté, repoussé et ciselé, à base carrée, tige gaine, à têtes de béliers, binet forme vase. Époque Louis XVI.

Haut., 29 cent. 1/2.

12 — Écritoire en vermeil, formé d'une coupe ovale à quatre pieds de biche, adhérent à un plateau rectangulaire, surmontée d'une sonnette, dont le manche est fait d'un amour tenant son arc. Ornementation : sphinx, feuillages de lauriers, rangs de perles. Époque Louis XVI.

Haut., 23 cent.; larg., 32 cent 1/2.

13 — Grande lampe en argent repoussé et ciselé, de style antique, à quatre lumières, avec écran mobile formé de deux papillons, et munie de quatre accessoires retenus par des chaines. Époque Empire.

Haut., 1 mètre.

44 — Lampe en argent, de style antique, formée d'une statuette de femme drapée, tenant une coupe couverte et reposant sur une sphère posée sur un socle rond à pans et enguirlandé. chainettes et accessoires. Base carrée en marbre noir. Fin du XVIIIe siècle.

Haut., 49 cent.

45 — Paire de vases brûle-parfums, de forme ovale, avec couvercle, piédouche et base rectangulaire en matière imitant le porphyre; collerette ajourée, anses à têtes de béliers et anneaux en bronze.

Haut., 31 cent.; larg., 34 cent.

46 — Guéridon en bronze ciselé et doré, à trois pieds, reliés par un entrejambe. Dessus et tablette inférieure en marbre.

47 — Lustre à huit lumières en fer forgé et découpé, enguirlandé de feuillages. Le centre formant dais. XVIIIe siècle. Il est agrémenté d'une corbeille et de fleurettes en porcelaine blanche.

Haut., 80 cent.

48 — Statuette de Maraudeur, en bois sculpté.

www.ingramcontent.com/pod-product-compliance
Ingram Content Group UK Ltd.
Pitfield, Milton Keynes, MK11 3LW, UK
UKHW021037260726
13994UKWH00005B/2200

9 782329 436739